四月的棕榈

著
——
布克

学林出版社

本书由上海开放大学出版基金资助出版

序一

《四月的棕榈》这部诗集的主要特色和创新点，概括说来就是：语言上对"白话"与"口语"、"能指"与"所指"的重构，形式上对"词"与"物"、"结构"与"解构"的整合，经验上对存在与诗意、体验与超验的融通，以及在理论与实践上对"体系"与"碎片"、"书写"与"生活"的交互和沟通。

作者从语言、形式和体验等方面提出"好诗的三个标准"并付诸创作实践，挖掘和推进了新诗的"白话"与"口语"、散文化与叙事性等核心元素和重要传统，表现出清醒的理论追求和学术自觉，其创作在当代诗歌中达到了难得的理论完成度和饱和度，尤其是在创作技法上对诗的戏剧化、小说化、情境化等的多样化探索，都提供了富有启示性的范例或案例。

伍芳斐
2023.3.25

序二

布克的诗歌创作开始于20世纪80年代大学校园诗歌风起云涌之际,他能够从中国古典诗歌和中西方现代主义诗歌中广泛吸取养料,呈现出融会贯通后的独创性。四十多年来,布克一直保持一种宁静而专注的心境。收入这本诗集的作品体现了作者近十年的探索,通过语言所指和能指之间的经验转换和内在结构节奏方面的独特组合,在浅显中蕴含了对社会人生和生命的深刻体验。

周维强
2023.3.7

目录

序一　伍芳斐　　001
序二　周维强　　001

第一辑　青春的旧园

行李员	002
收银员	003
街心花园	004
空白时刻	005
你好，江南	006
让我们聊一会儿上帝	008
鲁迅公园	009
大卖场	011
夏天还没走远	012
十月的天空纷纷扰扰	013
如此缥缈	014
崭新的一周	015
九月的暗河	016
你站立的样子	017
杨树浦的旧码头	018
扶桑	019
青春的旧园	020

南方的树	022
清早的鸟	023
寒潮警报	024
一袭黑色呢子大衣	025
新年的空地	026
雪有没有确定的形状	027
每一个汇合的地方	028
拆迁的横幅	029
当白昼变成黑夜	030
南北楼的回廊	032
风停雨歇之后	033
我的院门	035
我给事物排序	036
一个词	037
海贝思风	039
冬天故事	040
午夜三点	043

第二辑

四月的棕榈

迷航的船只	046
布鲁斯	047
蝴蝶兰	049
四月的棕榈	050
野草已经蔓延到天际	052
瞭望塔	053
挽歌	054
新年划着雪橇而来	055
立春	057
十二月的伤口	058
一炷香能有多久	060
九月的宴饮	062
牵牛花	063
风还是不断改变方向	064
已经多久	065
樱花	066
四月充斥着喜悦	067
鸢尾花	068
你披着黑色斗篷而来	069
是谁按下回车键	070
上元节	071

在这萧瑟的一月	073
在冬天刚刚开始的日子	074
去年冬至	076
终于，三月	077
蓝铃花	078
这艘客船叫 Lethe	079
午夜的键盘	080

第三辑 医技楼

我是左撇子还是右撇子	082
人群中我不算是少数	084
我怀念那些异乡的春天	085
无花果树	086
我讨厌小动物	088
安逸冬日的苍凉黄昏	089
更衣室	091
也想	092
十二月的长空	093
我走在空荡荡的街道	095
香樟树	097
我背窗而坐	099

当你厌倦了犬马声色	100
蓝色联盟在报刊亭前放下乘客	102
玻璃杯悬浮着去年的春天	104
处方笺	105
致医学生	106
十一月的雨夜	107
终于,我叩响	108
周年	110
医技楼	112
短信通知	116
每次都这样	118
10号线	119
我身体四周是你的湖面	120
每一次推门	121
在最黑暗的冬夜	122
进攻的时候	123
预测是死神的谶语	124
不如去游玩吧	125
临平北路是份隔夜报纸	126
间歇性发作不是神经医学问题	127
新年总是从冬季开始	128

起始与终结	129
我的手掌	130
心如大海	132
因为	133

第四辑 你那里是不是日落长河

吊唁者已经散尽	136
我默默念着许多河	137
有没有一册书	139
我们没有被死亡催赶	140
有没有更好的消息	141
十一月,很多花已经凋零	142
四平路吹过枯黄的风	144
八月,你的八月	145
风铃草	147
盥洗镜	149
沿着斑驳的台阶	151
一部脚踏车	152
人造革拎包	153
我们忘了所始也不知其所终	154
八月的阵风	156

这里的一切虚空	158
石榴花	160
我梦见街道金黄	162
十二月的日暮烟霞	163
你那里是不是日落长河	164
我们形销骨立，混沌相忘	165
晓来雨过	167
轮椅上的老伯	168
银行门口的两只雄狮	169
我要让你的名字熠熠生辉	171

附录一	以碎片化的方式对抗碎片化的时代	173
附录二	诗人不是标签式的存在	181

第一辑 青春的旧园

一群群盲鱼
游向九月的暗河

——《九月的暗河》

行李员

灰色的立领
低低的圆筒帽
年轻的行李员
老成得像一个
旧派绅士

在离泊与靠泊的汽笛声中
人们从黄昏的旋转门
进进出出
我确定它通向
另一个世界的早晨

2021

收银员

夜店已经打烊
朋友圈也没有新的消息
值夜班的收银员
被哐当的门声惊醒

除了香烟他从不买其他东西
除了这个牌子他也不买其他香烟
今天他不停地嘀咕
这是我们老家的牌子

推拉门猛烈地前后摇晃
一股异乡的气味弥散开来
收银员估摸他和自己相仿
不过是二十出头的青年

2021

街心花园

猫警惕地蹲在石凳上
狗在草坪上撒欢打滚
蚂蚱在灌木丛爬行蹬弹
蚊蝇灯的紫光窸窣作响

这里曾是白墙黑瓦
和贩卖杂货的地摊
拐角处有露天便池
和瘦长瘦长的电杆

当晨曦扫尽夜的残余
穿过园路,绕过花坛
衣冠楚楚的男男女女
走向地铁口道貌俨然

2021

空白时刻

一架飞机从机坪驶向跑道
另一架驶出跑道停到机坪

出行或归来的人
在廊桥上涌动

所有日子贴上标签
随着传送带来来回回

直到最后一件行李
又孤零零转到你跟前

总有一些时刻是空白
总有一些地方会消失

只有事件连续不断
像这条摩擦的鱼鳞链

2021

你好,江南

你好,江南
你好,蓑衣和斗笠
残桥和孤舟
你好,江南的烟雨
如果没有烟雨
江南会是怎样
我看见燕子归来
掠过低湿地的院子
无论多晚
请对我说晚安

你好,烟雨里的江南
寒食清明都过了
看看又到端阳
你用冰凉的风铃迎接我
我喜欢屋檐上
雨燕飞腾的姿势
不管是否再见

请对我说再见

哪怕是空中蜃景

我依然会感觉幸福

2021

让我们聊一会儿上帝

枪声,你听见
哈莱姆的枪声吗

年轻的非裔
正在回击白人警察

关掉电视
让我们聊一会儿上帝

其实,有许多东西
确实存在

2021

鲁迅公园

谁还知道新靶子场公园

万国商团阅兵操练的地方

已变成市民运动娱乐的场所

人们在各种器械上健身

在空地上打羽毛球

也有人在假山上拉手风琴

或者在林子里吹萨克斯

更多人围坐在一起打牌

吸引了无所事事的看客

西北角是一座墓地

松柏香樟广玉兰环绕

都是他生前喜爱的花木

安静地坐在藤椅上

他不再横眉冷对

春游秋游的学生不敢惊动他

园林工人清除墓前的杂草

知道他不喜欢吵闹

专家们自然不会莅临这里絮叨

他们自顾自地在史海钩沉

探究茴字到底有几种写法

邻近的梅园时不常会热闹一番

导游手举旗子腰挂扩音器

带着一批批韩国游客

来参拜他们的义士

因为要额外买票

我只是隔着围栏朝里张望几下

站在报栏前会有朝花夕拾的感觉

因为报纸十几天也不更换

他活着的时候住在附近

周围是卧虎藏龙之地

想必那些左联作家

经常在此地碰面

那时候它叫虹口公园

几十年过去

人们还是习惯叫它

虹口公园

2021

大卖场

生活是个大卖场
从入口到出口
商品不会重复陈列

时间是一条单向通道
沿着货物架前行
没有回头路可走

这条最短的线路
你会听到许多熟悉的喧杂
还会遇到一些陌生的目光

等待结账的队伍总那么长
外面灯火阑珊
暮色变得苍凉

万物在等待中流失
没有什么会留在你身后
只有摄像仪记录这一切

2020

夏天还没走远

夏天还没走远
秋天便接踵而至

无非是季节
提前换了一套装束
看不出有什么残缺

2020

十月的天空纷纷扰扰

十月的天空纷纷扰扰
几片枯叶
落在挡风玻璃上

来不及抽泣
也顾不得尊严
然后随风飘去

2020

如此缥缈

如此缥缈
又如此具象
橙黄色的雪纱
细长的冷雾
在寂静里吱吱作响

像车前灯的光
你的眼睛
照亮了春天前夜的冬天
我惊醒于每一个粗粝的瞬间
树叶发出急促的飒飒声

昨天傍晚,我看见他们
一个个围在亭子里
趴在食物旁
一副彬彬有礼
很道德的样子

2019

崭新的一周

鼓声和号声
奏响礼拜一
浑浑噩噩的早晨

风的步伐
绕过升旗台
走向无法预感的远方

崭新的一周照例开始
我盯着穿衣镜
直到眼眶湿润起来

2019

九月的暗河

当台风
又一次擦肩而过
洒水车就这样
一路北上
消失在八月尽头

时间的罅隙
折射出夏日
残余的光芒
一群群盲鱼
游向九月的暗河

潮湿的溶洞
再一次呈现
你一览无余

2018

你站立的样子

是逢迎
还是宣示

日暮苍山
你站立的样子

总让我想起人类
曾经爬行的模样

2018

杨树浦的旧码头

船坞和栈桥
缆桩和仓库
杨树浦的旧码头
早已是另一种风景

而漂泊的船队
音讯断绝
许多新开的餐厅关闭了
广告牌还没来得及拆毁

2018

扶桑

一番撕咬吠叫之后
两只狗悻悻然各走一边

早春的夜半时分
晚梅还没有凋谢

许多花应节而开
有的花则不然

2017

青春的旧园

我最远去过的远方
远不过你荒凉的海岸
暗礁狰狞地露出水面
黑色风笛永无休止
弃置的灯塔
幻灭的光亮
不再指示方向

返航吧,阿多
没有更远的远方
路的尽头是另一条道路
海的对面是另一片海岸
故事的结局是下一段序章
每一次探寻都擦肩而过
每一次歌唱都只为散场

是最迟开始的最早时间
是最早完成的最晚时间

逆着终点的箭线

青春的旧园

请在这里止步

篱墙上的枫藤

烟霞般腾蹑

2016.8

南方的树

南方的树
挂满生锈的金币

无人问及的脚印
深一脚,浅一脚
是你从这里走过了

2016

清早的鸟

清早的鸟
隐匿在树枝间
啾啾齐叫

如果你以为
它们在歌唱
它们就是在歌唱

2016

寒潮警报

寒潮警报
总在晚安时刻响起

万物开始离开
我看见露台上

一朵朵花东零西落
一个个你若隐若现

究竟你是谁
有没有你这个人

你还是不是那个
叫阿多的青年

2015

一袭黑色呢子大衣

一袭黑色呢子大衣
飕飕的
来自你的北方

而春天折叠着
上面早就写好了什么

2015

新年的空地

新年的空地
堆积着去年的旧雪

没有人可以质疑
太阳在上面
曾经熠熠闪光

2015

雪有没有确定的形状

雪有没有确定的形状
纷飞时纷飞
消融时消融

迷途者在雪夜里迷失
癫狂者在沉闷中癫狂

2015

每一个汇合的地方

当泾河遭遇渭河
密西西比河抱拥墨西哥湾

每一个汇合的地方
都有一条分界线

只有天空混沌
悬浮着粉尘和木屑

2015

拆迁的横幅

拆迁的横幅悬挂当空
两边围墙刷满彩色画图
遮挡了废墟里的棚户

已是霜降一番黄
飞虹路依然伸展
当年携手处

如何共从容
消失的河床
从汹涌到干涸

2015

当白昼变成黑夜

当白昼变成黑夜
当清脆尖锐的 High C 之王
从枝叶间洒落
阳光的碎片
你便低唱起清凉的夜歌
在砖石下、草丛间和土穴中

当季节卸下浓艳的装扮
当 High C 之王翅垂口噤
你依然吱吱唱着
秋天的夜歌
或近或远
时断时续

就这样喜欢了
喜欢你的单调重复
喜欢你的孤寡怪僻
唱着白露

唱去秋分

唱来寒露

无须等待夜阑

无须怀念秋天

无须寻觅你的声迹

在一片怂恿声中

你定是双翅高举

即使听不到

我也感觉到

你孤傲地

一张一合

2015

南北楼的回廊

要是南楼和北楼
没有回廊连接

要是连廊门
没有被打开

天晓得在哪里
我们将撞个满怀

2015

风停雨歇之后

风停雨歇之后
秋虫唧唧
是挽歌吗
我分明听见
呦呦鹿鸣
萧萧马嘶

当初雪覆盖你的塞外
此地也停歇了最后的秋雨
世界如此存在
或者不应该如此存在
我们如此生活
或者不应该如此生活

我不相信
我看到听到的一切
真实在一切的里面
在一切的下面

我在谁的里面
又在谁的下面
都不构成伤害
疾病与死亡,自然而然

2014.9

我的院门

我的院门没有门铃
却总被门铃惊醒

门开门闭
未必是风刮的

如果你来访
不必在推敲之间犹疑

这一扇隐形的门
它朝任意方向敞开

2014

我给事物排序

我给事物排序
你在高处乱云飞渡
是行列还是方圆

我给时间排序
你在隧道深处风驰电掣
是过去还是未来

我给人物排序
你在远处如影如绰
是归来还是诀别

2014

一个词

一个词
寻找
另一个词

另一个词
等候
其他的词

一个动词
在寻找
名词

一个名词
在等候
动词

我找到了一个词
却丢失另一个词

我选择了一个词
又弃绝别的词

我想启齿
却难以名状

我想形容
却如此模糊

我想逃离
却被绑定

回得去吗
横竖撇，点捺折

2014

海贝思风

为了雷达上最后的光点
人们搜遍无人岛屿

当搜寻队走远
海贝思风突然来袭

东倒西歪的树木
叮叮咣咣敲打着楼顶

仿佛溺亡者谈论海洋
流浪者自言自语说故乡

2014

冬天故事

头戴毡绒帽的士兵
斜挎冲锋枪
脚手架上的美术老师
戴着同样的军绿色棉帽
护耳的下巴带迎风飘着
人们在很远处才找到它

每当烧水工从窗外走过
下课铃声总会准时响起
他的长嘴黑铁壶
外面罩着棉套
他总是哼着电台里的曲子
听起来时断时续的

音乐老师卷着铺盖离开时
当时我们正绕着围墙长跑
音乐课从此改成政治课
我们轮番读两报一刊

教室里空出一个座位
小分队的李铁梅莫名其妙转学了

真奇怪
全校唯一戴眼镜的
竟是体育老师
而体育课最最无聊
女生踢毽子跳绳
男生爬竹竿
体育老师摘下眼镜
扭动几下四肢
最后朝手心吐口唾沫搓手
猴子一样噌噌噌地攀爬
到达竿顶后单腿勾住竹竿
做一个大鹏展翅的姿势
然后嗖的一下
滑下来，滑下来

课文里说南国的雪
可谓滋润美艳之至了

我们趴在老虎窗口
等待南国的雪
暖阳像白色塑料布铺满屋顶
猫的叫声顺着斜坡
咕噜咕噜往下滚
寒假里我们学会了抽烟
弥散的烟雾
从老虎窗腾涌而出
那是隐约着的青春的消息
但这个冬天终究没有下雪
而我们自始至终也不理解
什么才是壮健的处子的皮肤

2014

午夜三点

午夜三点
暗锁转动
他出门了

巴黎下起小雨
有人在爬埃菲尔铁塔
准备自杀

你终于没来
这家伙憋不住啦
肯定,他梦见了那场雨

1983

四月的棕榈

第二辑

记忆中的四月
总是我想要记住的
春天模样
——《四月的棕榈》

迷航的船只

迷航的船只
在深海里辗转

如果我抬头,阿多
你就在那里吗

星光微弱,岛屿的轮廓
无迹可寻

2023

布鲁斯

还需要谈论什么
我们已经坚持到今天

喧闹和哨音
消失在城市夜空

睡梦里,我听见了
瞎子雷蒙

于是我在早餐里
加一点布鲁斯

布鲁斯单调的布鲁斯
忧郁无助的布鲁斯

这一别,会是多少年
我们将怎样说起这悲惨的经历

那么多人与我们息息相关
他们的死,猝不及防

2022

蝴蝶兰

在清冷潮湿的晨雾里
风刮过黯淡的池塘
发出喁喁细语
凄怆的栏舍
土狗一吠百声

抬头看吧,群星攒动
天庭正打开它的窗户
生命在那里闪耀
等待蝴蝶兰开过
沐浴春光

2022

四月的棕榈

四月的棕榈

时钟一样摇摆

当它的叶柄断裂

它的伤口盛开

不知道要多久

我才能感觉它的疼痛

不知道在别处

它的血液如何穿梭不息

不知道之前和之后

时间会有什么不同

在四月的风里

风穿过空阔的街道

在四月的风里

风穿过封闭的庭院

在四月的风里

风穿过暗红的河流

就这样不知不觉
正如这孤独的日子里
所要铭记的那样
记忆中的四月
总是我想要记住的
春天模样

2022

野草已经蔓延到天际

想象,不可想象
春天竟如此漫长
在没有阳台的窗口
你守望静默的庭院

几树半天红似染
是落日熔金
还是满城木棉
开过它的花期

时辰是否到了
你是否准备好了
广场石板的缝隙里
野草已经蔓延到天际

2022

瞭望塔

春天的光亮
从窗户一端
照到另一端
从去年日出时分
照到今年日落
我忘掉了城市
曾经多么喧嚣浮华
一排排房间
一层又一层
围成环岛
旋转的爬梯
通往塔顶
有人在四处瞭望
而我们茕茕孑立
却又相互寻找
仿佛为了印证
我们经历的每一天
都是最后的日子

2022

挽歌

忘掉城市的西山日暮
忘掉空旷寂寥的街道
和没有陈设的橱窗
就像忘掉一个可用的地址
破裂的天空在里面隐现

孩子们时断时续哭喊
狗此起彼伏狂吠
你头顶太阳高举白幡
你是自己的吊客
你为自己送葬

挥霍殆尽对于你的想象
我的颞下颌关节止不住紊乱
我将鲜花摆放在何处
我把今天珍藏在明信片背面
它的邮票上不会加盖邮戳

2022

新年划着雪橇而来

新年划着雪橇而来
冰面咔嚓咔嚓开裂

我梦见雪在飞旋
但它不为谁落下

并让广袤的冬夜
变得明亮起来

而牲口被赶进院子
缰绳在竖桩上扣结

透过报纸的缝隙
我看到路障和关卡

在距离很近的某处
人们致力于寻找

却不知道寻找的人是谁

知道又怎样？即使

把冻结的词语掰开

春天已是满身瘀青

在你成为你之前

我已经饱经沧桑

我不再需要安慰

对发生的事物不再惊恐

我为之惊恐的

不是过去而是未来

2022

立春

如此悲壮
从天空的裂缝坠落
破碎的烟花
冗长的冬夜
素馨花早早开了

大沙河磕磕绊绊地流过
脏兮兮的丰县村口
狗蹒跚在冬天的桥头
枯黄的芦苇无动于衷
等待属于它的春天

2022

十二月的伤口

十二月的伤口

流出记忆之河

我们像聋人一样谛听

它呜呜不息的歌咏

像盲人一样揣摩

它潦草零散地飞舞

你是否期待

粼粼水波的河面

消失的哨音

传来汽笛的回响

你能否看见

大地和天空

在远处闪光

和去年一样

一切正在改变

从德尔塔到奥密克戎

我们谈论着毒株变异

说着说着

我们便走进
楚天的烟雾里

2021

一炷香能有多久

一炷香能有多久
一低头,一抬头
温凉的记忆
淡淡地漂浮
一寸寸掉入
香灰般柔软的泥土里
俯仰之间
春天眉目清秀
又来到我跟前
我不忍心转身
让那些遇见的人重新走远

钟鼓声能传多远
一下一个早晨
一下一个黄昏
缓缓而无形
在银杏树上结节
这样的早晨,这样的黄昏

非晨即夕之间

秋天丰神绰约

又落在我背后

我不堪回头

任凭那些散开的乌云聚集

我终将回到我的季节

早上喝茶,下午垂钓

夜晚喃喃自语

拨通你的视频通话

我想看看里面有没有人

2021

九月的宴饮

春天的花未落
秋天的花又开
九月的宴饮
洒满紫红色的天光

和其他季节不一样
秋天总是鸦雀无声
在高低起伏的山脊之外
我看见一个个人

地铁站出入的人
安检门排队的人
昼夜穿梭的人
从前年轻的人

醉把茱萸仔细看
秋天使人怀想一切
行役不归的人
犹来无死的人

2021

牵牛花

带着最悲惨的渴望

终夜攀缘

春天的院墙

而我仍然独自

走在远方的河堤

看着你开满秋天的护坡

2021

风还是不断改变方向

还是那一幕布景
那些走过的街道
进进出出的门
没什么异样
风还是不断改变方向
留下投在地铁口的影子

在没有山林的城市
你还是无家可归
当暴雨停歇,积水消退
曾经的影像破裂
你拒绝汇入
最终还是汇入

2021

已经多久

已经多久
我们没有聚在一起
还有没有
你想去的地方

走过最后一个车站
森林湖畔和废墟
山峦起伏
风景模棱两可

来不及许愿
天幕划过一道裂痕
来不及燃烧
荒野留下巨大的创口

终究我失去了
想象的力量

2021

樱花

纵情盛开
又肆意飘落

开始是雪白的
后来变成了粉红

游园看花的人少了
树下的落瓣越来越多

2021

四月充斥着喜悦

雨停停落落
人们撑开格子伞
又把它收拢

蹚过一个个水洼
抖落冬天的印记
四月充斥着喜悦

你又忙于间苗翻土
给牲口饮水添草
紫藤在田埂喧闹

毕竟春天不是虚景
但我不能再跟你一起
对未来恣意沉迷

2021

鸢尾花

雪白的四月
金黄的四月
紫蓝色的四月
这是第几个四月

我听见你的声音
连接着天地
我们唱过它
一首他乡别国的歌

纯真的春天
自由的春天
永不言弃的
忠诚的春天

还有几个春天
我们走在彩虹桥上
死者归去来兮
生者正襟以俟

2021

你披着黑色斗篷而来

你披着黑色斗篷而来
追寻哨音的来处而去

正是万籁俱寂的二月
二月万籁俱寂的午夜

谁在阳台上敲锣
你的领地比阳台还小

在你蓦然转身之前
痛苦和荣誉都消失于碑林

2021

是谁按下回车键

是谁按下回车键
漫长而严酷的冬天
便以这种方式结束
或者长存

大地回春
一块巨大的画布
五彩的颜料滴溅
意义无迹可寻

我看见烟雨中的村庄
它的树木和房屋
山路上的破寺庙
和院落里的七叶树

你走在前面
任雨水在脸上涌流
无论如何你不能回头
否则将失去另一个国度的入口

2021

上元节

开往未来岛

高新园区的

937路公交车

循环播放着

请佩戴口罩的

提示语音

多么冷清

庚子年后的

这一个灯节

没有花团锦簇

只有警示灯

忽闪忽闪

一辆高空作业车

停靠在灯杆下

爬杆的工人

戴着安全帽

穿着反光背心

系着腰带和脚扣

多么冷清
辛丑年的
这一个元夜
没有车水马龙
只有月亮
不管你走到哪里
它就跟到那里
就像天时
不管你是否愿意
它总一遍遍重复
而那个曾经的青年
应该还是青年

2021

在这萧瑟的一月

在这萧瑟的一月
你的每一道目光
都结成屋檐下的冰凌

我信任它
信任它的每一次断裂
噼噼啪啪敲打窗台

冲开皮肤的纹路
你奔突而来
在这萧瑟的一月

2021

在冬天刚刚开始的日子

在冬天刚刚开始的日子
我忍不住打一个寒噤
并重新陷入沉思
直到失去痛苦的能力
我不知道自己害怕的
是已经发生的事情
还是未来的事情

连续雨天之后是晴日
一条棕灰色的狗
守在楼道口
去年它也在这里
也这样翘着尾巴
表达交配的姿势
它不会知道世界已经改变

我愿意像它一样
单纯而快乐

但我的记忆全是污点
外面下着去年冬天的雨
和今年一样令人焦虑不安

2020

去年冬至

就是这时

在太阳距我们最远的时刻

就是这里

在我离你最近的地方

就是我们

在年复一年的这一天

坡形的冬日,青石色的门头

我的城市正弥散着松枝苦香的气味

我凝视你

凝视每一个曾经活着的人

凝视被树木遮蔽的纸风车

和树干上蠕动的蠹虫

我知道这样晴暖的冬至

绝不是件好事

接下来的正月

早春的燕子又将飞回

2020.4

终于,三月

终于,三月
走到它的尽头
在粉白的花瓣雨后
燕子以同样的方式啾啾唧唧

春天的卷闸门往上旋转
飘散的尘埃又汇集成束
风帆又升回四月的桅杆
我多想触摸到你的呼吸

原来春天如此怡颜悦色
原来我们绝非不堪一击

2020.4

蓝铃花

两个粒子相隔多远
在互不纠缠的冬天
即使未曾发生的事情
也能把我们分离

但青砖影壁深处
一场免疫风暴
却不能把它的门
咣当打开

在风过时
在雨过处
我听见蓝色铃铛说
幸福归来

2020.2

这艘客船叫 Lethe

怎样才能确定
你还活着
我也活着

总觉得有一艘客船
会把我们带走
这艘客船叫 Lethe

它在陌生的海域漂航
没人知道它的缆绳
将抛向哪里

任凭桌椅
滑过去,滑回来
从舱室的某一个角落

2020.2

午夜的键盘

午夜的键盘
哒哒响着

随潮汐涨落
如浮筒升降

把生命转换为词语
转换为一片片活页

飞扬在纤尘中
散落成冬天的残茬

2020.2

医技楼

第三辑

我看腻了变化,不再探究什么外力
决定着生命线的断口或者方向偏移

——《玻璃杯悬浮着去年的春天》

我是左撇子还是右撇子

我是左撇子还是右撇子
我把一些事情交给右手去做
把另外一些事情交给左手
我从来不以为另外一些事情
是肮脏或者邪恶的

我不是左撇子也不是右撇子
有时我会联手起来
这取决于我是否与自己和解
但无论面对什么情况
我总是和自己抗争

卢森堡和比利时有什么不同
一个人和另一个人又有什么不同
像虚虚实实的彩沙
完全按照你的想法成型
却变化万千，转瞬即逝

是所有可能中最不可能的呈现
我可以找到它的方向
但它的光色触不可及

2021

人群中我不算是少数

穿着白衬衫我走过校门口
头脑中满是小时候场景
我不再扣错纽子
但它着实令我窒息
为了让自己不那么保守
我索性解开文明的领扣

几个调皮鬼开始挣脱家长飞跑
越来越多人加入他们的行列
恍惚中我跟他们一起奔逐
真相不可思议地超出想象
无论现在还是过去
人群中我不算是少数

2021

我怀念那些异乡的春天

我怀念那些异乡的春天
尽管怀念只是一种错觉
成群的种子
飞掠泥泞的天空
被征收的农田
花将盛开何处

不曾听见的回声
在高耸处召唤
所有远离故乡的人
终将被故乡抛弃
如果在一元复始的春天死去
谁还期待万物凋落时复活

2021

无花果树

那年夏天
我们坐在井台
无花果树的阴影里
吊桶撞击着井口
辘轳七上八下

整个夏天
我们与无花果树作伴
被它宽大的叶片遮蔽
蝉声越来越脆弱
最终跌到井底

当夏天过去
它的花托干缩
它的树枝长出褐斑
我们义无反顾地成长
如井栏边的藤蔓疯狂

吱吱嘎嘎的辘轳

叽叽喳喳的鸣蝉

我记得这些夏天的声响

这些少年时光

流火西沉,令人惆怅

2021

我讨厌小动物

我讨厌小动物
我轻抚它

只是喜欢柔软的
这种感觉

我熟悉每一个房间
和它阴暗的气息

烟雾缭绕总能让我平静下来
掐灭的烟蒂是下午剩余的部分

带着隐秘的霞光归来
黄昏并非从头开始

2021

安逸冬日的苍凉黄昏

此刻，我需要独处
目送春天
夏天和秋天
一个个跳下站台
穿过铁道而去

此刻，我需要你的庇佑
在四季之中
最安逸的冬日
在一天之中
最苍凉的黄昏

整个白天
阳光都没有晒进屋里
户外的风
戴着沉重的镣铐
巡警煞有其事地走过

回忆起那些
彻夜相聚的日子
我登时寒噤连连
今天，你们是否在一起
是否说起我这个远行的人

每一个冬日
都有一个白居易
风云诡谲天欲雪
能不能留下来
能不能喝一杯再走
这一问便是千年

每一个暮霭
都有一个李商隐
市南门外的叫卖声
谁伴过黄昏
为了招回死者
这一等也是千年

2020

更衣室

向晚时分,风消雨歇
人们吸烟聊天
惨白的雾气
闪烁着诡秘

没有人正眼瞧你
你脱掉一件件衣衫
让我看见了欲望
它绝非危险的裸露部分

白天恍恍惚惚结束
夜晚在霓虹中变得明确
蝉蛹脱壳而出
肆意聒噪

是啊,暴风雨还会重来
像一场短暂而永恒的庆典
我走出更衣室,从一个深渊
跌落更深的另一个深渊

2020

也想

也想雄骁声高
穿铠甲,枕干戈

也想一次次还乡
吞毡饮雪,节旄尽落

直到折戟沉沙
上林苑沦为废墟

二十万年的战争
你一个人在战斗

直到最后一只警犬走远
身体变成战场

2020

十二月的长空

01

蓝白相间的条纹

割裂十二月的长空

安定和躁动

随着季节循环

那些逝去年华的男人女人

02

冬日的秩序是一滴滴药液

草履虫一般结合到一起

我期待你在门口忽现

把双氧水从空气中分开

把灵魂和身体分开

03

频道紧挨频道

城市毗邻城市

我转动旋钮
一个生命最接近的
却不是另一个生命

04

你腰间的识别卡
在我心底摇来晃去

医疗推车的轱辘声
粒子向四处飘散
水螅在沼泽里栖息

05

当泣妇消失在走廊尽头
屏风还能遮挡什么

枝柯和电线交织
麻雀飞飞停停
像肃穆的吊客

2019

我走在空荡荡的街道

我走在空荡荡的街道
沿途是光秃秃的树木
小店早早就打烊
橱窗让我想起卸妆的新娘

迟来的碎雪
没等落地就化了
这个正月的夜晚
充满禁忌和欲望

拐角的建筑修葺一新
脚手架还没有完全拆除
人去楼空,只有门房在打盹
围护里堆积着钢管和毛竹

记不清上次什么时候来的这里
也不知道之后你是否回过这里
睡眼惺忪的门房警惕地咳嗽

趁他开口之前我转身加快脚步

我坚信羞于启齿的并不是羞耻
那一排排格子窗
掩映着另外的青春面孔
如今却像没有铭文的墓碑

2019

香樟树

是否香樟树

幽暗的香气

飘散在岁月的花纹里

青灰的江水

追逐灯红酒绿流淌

沿着北外滩向北

能否抵达海的入口

经由花神之路

在你的左岸彻夜踌躇

有没有人坐在你的椅子上

看着窗际发呆

那年你在圣米歇尔大街

还是不在圣米歇尔大街

当螺旋桨搅乱我的思绪

汽笛惊慌响起

春申江已不复是春天

香樟树经年不衰

樟木箱的锁托却斑驳生锈

深藏你箱底的东西

不虫不蠹

2019

我背窗而坐

我背窗而坐
厚重的绒布
换成透明的纱帘
轻薄的碎花撩动夜色
烟草混杂着皮革的香气

走廊端头传来叮咚的蜂鸣
和电梯门哐当的撞击
它是下行呢
还是继续上行
我整个人随之上上下下

2019

当你厌倦了犬马声色

当你厌倦了犬马声色
不再被路边橱窗吸引
六月的残垣断壁
从四面围堵你的身体
你无法逃离
坍塌的房子
春天无非是童年的幻景
盛夏不过是他们的傀儡

而江南的梅雨等着你
冲刷废墟底下的墓穴
那些让你讨厌的痕迹
只是一团混乱
返照了不光彩的回光
揭开旧时疮疤
拔掉所有肉刺
不再羞耻于妥协而重生

用词语捍卫自己

你终将一语成谶

2019

蓝色联盟在报刊亭前放下乘客

蓝色联盟在报刊亭前放下乘客
我看不清鸭舌帽下
你的额头和眼睛
鼻梁和嘴唇
所有熟悉的部分
都源于想象

仿佛镜殿的廊道
左右能看到他的镜像
挺立的肩颈
紧绑的袖带
又到风衣流行的季节
战壕里的冬天只是传说

而七月不再遥远
有人走进理发店
有人从店里出来
在永无休止的旋转中

三色灯注定只是一种装饰
它与金属摄像头大不相同

2019

玻璃杯悬浮着去年的春天

玻璃杯悬浮着去年的春天
我注视它的颜色相互追撞
一开始是淡碧的
后来变成了柳黄

门廊的顶灯昏亮
灯罩掉落过去的氤氲
我端详手掌的纹路
它们慢慢分开又渐渐合并

玻璃杯堆积了黑褐的焦斑
落水管敲击着暗杂的寂静
我看腻了变化,不再探究什么外力
决定着生命线的断口或者方向偏移

2019

处方笺

签上日期,盖好图章
再说下去我会很无趣
你聚精会神的样子并不代表倾听

我看不懂你的字体
就像一本书里的插页
希腊文的手迹

但我能够分辨
风的色彩和气息
简约,充满教喻

一阵阵风从卡罗匹克大街吹来
一个个人朝相反方向离去
最后的风会把我揽进怀里

2019

致医学生

瞧!他的嘴脸
各个部件的位置
肌肉的切面
和骨骼

小心点,孩子们
别触碰
他的灵魂

2018

十一月的雨夜

十一月的雨夜
车列伏地而行

我听到唢呐
是出殡还是娶亲

那里的道路
像死去的蛇蚓

我目睹这一切
并闻到了柴油的气味

2018.11.8

终于,我叩响

终于,我叩响
你错金的门环
众人络绎而去
四周越来越黑
我看见你的光焰
听见夜风吹落你的烟云
我与你如此接近
却害怕与你接近
我做了想做的事情
却不知道这些事情该不该做
我得到了想要的东西
却不确定哪些东西值得我追求
我变成现在的样子
却没有成为自己所是的样子
你的门紧闭
令我无法遁隐
只能沿着你黄色的外墙
走到路的尽头

道路尽头

会不会是另一条路

生命尽头

有没有另一个生命

苍穹下一切都在消逝

一切又重现于苍穹

如果这是宿命

报应便是通途

2018.6

周年

01

怎么了? 阿多
这并不重要

我只想听到
你的声音

02

把就诊当作访友
配药赛过购物

分药器的空格
装殓了每一个明天

03

你的立身之地
也是你的葬身之处

没有理由拒绝
对于任何惩罚我不以为然

不是我变得无所畏惧
而是开始听天由命
04
一年过去,阿多
过去的一年我叫它周年

我提早看到了结果
但远没有等到结束

2018.6

医技楼

01

天气预报没说有雨
午后却落起暴雨

躲雨时,我问你
是不是也淋到雨了

你说你在午休
没料想晴天也会落雨

而我是一个行人
走在路上

冷不丁
淋湿了全身

啊!彩虹
不一会儿,有人惊呼

在弯曲的半圆后面

我看到燃烧的乌云

02

踽踽而行于Z字回廊

我独上西楼

时令草花

在背阴的廊边盛开

哦,谁的西楼

谁在西楼

我独上西楼

西楼是医技楼

03

像宇宙飞船

我被推进封闭舱

电磁波射入

并在我体内旋转

电锤在冲击
我遍体疮孔

这只是开始
弛豫和成像

这也是结局
救赎然后殉葬

04

谁在跟我撕扯
我向谁救赎

我并不想救赎
我已年过半百

年过半百,我挥霍了太多
要多少岁数才算足够

生命的影像如此清晰

是时候了,斜阳横扫西楼

2017.6

短信通知

因为在群里爬楼
我错过了一班公交

为了查找一个联系人
我又坐过了站

下车时候
暴雨突如其来

路面上跳跃着
似乎不祥的音符

措手不及
我收到了短信通知

整整两个礼拜
终于收到短信通知

你相信故事怎样开始

就有怎样的结局吗

哎,这场雨有多长

回头的路就有多长

孩子们,现在和将来的孩子们

Happy Children's day

2017.6.1

每次都这样

每次都这样
议员要么瞌睡要么起哄
歌迷挥舞着荧光棒尖叫

在威斯敏斯特宫的枪响之后
在曼彻斯特竞技场爆炸之后
悲伤的春天来袭

注定悲伤的春天
注定悲伤的时刻
铃声在绝望过后响起

多么脆弱的春天
四月的青烟散尽
五月的风笛未残

多么脆弱的时代
在悲伤中我忘记了悲伤
在绝望中我不知道绝望

2017.6

10 号线

你在阴影处盯着我
瞻之在前，忽焉其后

那天在 10 号线
我们相邻而坐
你捧着一本书
隐藏在斗篷里

你隐藏在斗篷里
你的书并没打开
我们分明坐在一起
窗玻璃真实的不容怀疑

2017

我身体四周是你的湖面

我的身体可以探测
你最隐秘的声源
当蜈蚣草缠绊住你的灵魂
鱼藻轩清且涟漪

还恐惧什么
向往什么
密谋和背叛
一刻没有停止

沉落
在一年的365天
在365天的每一年
我都与你一起沉落

我身体四周是你的湖面
风起云涌
羽觞随波
鱼藻轩清且涟漪

2017

每一次推门

每一次推门,我总听见
光的声音
变幻着水草的颜色
我不清楚鱼贯而行是在追逐虫饵
还是在寻找海洋

每一次入睡,我总听见
火车的声音
跨越梦境
我分辨不清它是疾驰而来
还是呼啸而去

有人破门而入
有人夺门而出
我困在客厅
我知道阿咪蹲守在房顶

2017

在最黑暗的冬夜

下雪了,层层叠叠的雪

飞掠大江南北的黑夜

敷贴在我的额头

每一处伤口的花纹

消融了最初的战栗

最后的撕裂

雪要是一直下

天地失去差别

南北不是阻隔

无法分辨你我

难以确定归属

在最黑暗的冬夜

2016

进攻的时候

进攻的时候
你忘记了防守
鲜血渗出的地方
是愈合后开裂的伤痕

残存的记忆
最后的炮击
城墙消失的地方
是城市每一处豁口

一些道路消失了
剩下路牌
许多人走散了
不留下姓名

2016.11.8

预测是死神的谶语

当地球遮挡在太阳和月亮之间
或者月亮在地球和太阳之间
它们在一条直线上并列

你又怎能预测
谁会出现在你我之间
我会出现在你和谁之间

预测是死神的谶语
结果是错误的关联

孤身抵御你的不宣而战
从此我是自己的密探

2016.6.14

不如去游玩吧

在挂号化验和各种等待中
时间变得冗长

不如去游玩吧
得似当年,白驹过隙

街道和夜店不复它们的原样
阳台和窗户却彼此相像

那些隐秘的气味
还在快乐飘荡

然而记忆最不忠实
它带来短暂的错乱

2016

临平北路是份隔夜报纸

临平北路是份隔夜报纸
数字排序中暗藏着玄机
蓝色的红色的警灯闪烁
我是不在场的唯一证人

我无法接收你的口令
也没有不在场的证据
我设想过无数结局
没有一个更离奇

如果在场就在场
如果离奇就离奇
这一个路口能否遇见你
下一个路口是否错过你

如果遇见就遇见
如果错过就错过
暗黑中阴虱跳向新的宿主
我讨厌自己生为人的存在

2015

间歇性发作不是神经医学问题

当大颗雨点飘落
雨刮器刮来刮去
如癫痫患者
季丹神经兮兮写过类似句子

那时她不知道雨刮器是什么东西
间歇性发作也不是神经医学问题
在干冷的北中国淋透了江南的梅雨
我喜欢写那些不知道未经历的事情

喜欢在语法里跳来跳去
在词汇里东躲西藏
喜欢与陌生人亲密
向拒绝者求欢

近光灯照亮每一颗泥点和雨滴
雨刮器并没让前方变得清晰
电动机开启了诗意
有人开始拼贴诗词

2015

新年总是从冬季开始

新年总是从冬季开始
我记不清具体的年月
事件远比传闻更诡异

在这最寒冷的日子
我站立着以免睡去
我清醒着否则冻死

入水不沉
入火不焦
吉光片羽是冬季的日历

穿越严寒穿越封锁
逃离监控逃离恶魔
揭开遮挡我看到你的传奇

2014

起始与终结

起始与终结
并不是时间的概念

在我出生之前
在我去世以后

过往或者亲历的事件
遭遇或者错过的机缘

都无关乎我
剩下的酒干了就干

2014

我的手掌

我的手掌
河流交错
你溃不成军
沿着川字纹
游弋

我的手掌
重峦叠嶂
你四处逃逸
从指关节
跳跃着滑落

我的手掌是晨曦
手背是暮霭
从晨曦
走到暮霭
你力透手背

摊开掌心

从扎营

走向拔营

从结局

走向结局的开始

2014

心如大海

你说你住的地方
是世界上最高的地方
而且只有那里
天才算得上是蓝的

我在东海之滨
你能俯瞰我吗
千百条江河东流汇聚
心如大海

1987

因为

因为

我没见过爷爷

我这样称呼他

绝非出于亲切

所有亲切的称呼莫不如此

而他原本就不是好东西

当过伪保长

酗酒狎妓抽大烟

他样样拿手

背地里给"鬼子"送个信啦

带着狗腿子逼债去啦

也是保不齐的事情

有时候我出奇地想象他的嘴脸

就若无其事地看几眼父亲

冥冥之中他牵引着我

走过江南江北,山河村庄

在异地他乡我一天天成长

所以你该明白为什么

我离你多么遥远

而在劳动阶级面前

我又心怀鬼胎

每天在城市的废墟里

在物欲横流中

我走向一个缥缈的去处

哦！LSDLSD

还有诗

这就是全部，也许

1984

你那里是不是日落长河

第四辑

在十一月的黄昏
让我一无牵挂,请你击缶而歌

——《十一月,很多花已经凋零》

吊唁者已经散尽

吊唁者已经散尽
死神却不会远去

所有细节
都是征兆

死亡不过是
忧郁的借口

每一个漫无边际的黑夜
每一张失眠的面孔

都在记忆里清醒
在石化中栩栩如生

2023

我默默念着许多河

穿过外白渡桥

我点燃一支烟

沿着苏州河

我一个人边走边抽

舒曼的莱茵河

梦幻曲一般奏响

贝里曼的密西西比河

飘着亨利的梦歌

策兰从集中营走向米拉波桥

犹太人的血在塞纳河汹涌不息

我默默念着许多河

这些古老的河

我听见遥远的灵魂

一个个沉溺在河水里

他们独自挣扎

又彼此追逐

而我暂时活着

苏州河东流

我沿着河水西行
我的苏州河
如此狭窄
我的苏州河
如此静默
我一支接着一支抽烟
每抽一口
烟头就一闪一闪
仿佛欧塞河的灯

2022

有没有一册书

有没有一册书
从扉页到尾页

从未打开
却可以相随终生

我积攒所有词语
然后缄口无言

有没有一个地方
从左岸到右岸

从未抵达
却一直在那里逗留

河流涌向各自的河口
我被困在它们的源头

2022

我们没有被死亡催赶

穿过巨大的漏刻
沙子慢慢滴落

风景悬吊
时间仁立

早春的阳光
把影子无限拉长

我们没有被死亡催赶
它就在前面静候

2021

有没有更好的消息

有没有更好的消息
翻过峡谷不期而至

有没有更好的你我
穿过星空如期而遇

我听见汽车引擎
君行早还是夜归人

2021

十一月,很多花已经凋零

十一月,很多花已经凋零
也有些花开始绽放
白菊在凭吊
红枫暗自神伤
你相信花语吗
此时此刻,我们活着
却正在腐朽

冬麦下种了
在春麦收割以后
我想和它们一起过冬
这种念头持续了几分钟
终究没有一种思念
能够阻止候鸟南飞北往
当我抬头,麻雀也不知去向

也没有一个支点
可以承受身体的分量

并将它从生死中解救出来
我不喜欢蓝色咖啡色
或者褐色的绫罗绸缎
在十一月的黄昏
让我一无牵挂,请你击缶而歌

2020.11.8

四平路吹过枯黄的风

你看见了吗
断枝上的白果

一个个拍客
沙沙走远
你佝偻着
在树下盘桓

准备好了吗
你准备好它们掉下来吗

好不凄冷
这初冬时节
四平路吹过
枯黄的风

2020

八月,你的八月

八月
你的八月

连天的暴雨汇入
远方的河流

白沫江悄然越过
水位

八月
万物生长的八月

万物又溘然长逝
你悲怆地回望

像闪电划过天际
留下难以糊住的裂痕

八月
迭代递归的八月

一百年的时代病还在流行
一千年的洪水依旧泛滥

也许只有死亡能唤醒一切
即使死亡也不能唤回一切

八月还会重来
而世界正在结束

2020.8

风铃草

你的卧室从来不闩
夜里也虚掩着

白天你坐在
客堂间的藤椅上

冬日捂热水袋
夏天摇蒲扇

你就这么坐着
面向院外的烂泥路

直到它变成水泥路
不再通往向南的渡口

你的村庄已经消失
可是村头的位置

风铃草

继续在歌唱

想必你还会听到

恍惚的船笛参差

2020

盥洗镜

我立在盥洗镜前
一个人从玻璃里消失
另一个人出现

滑落的水珠
划伤了镜面
伤口由模糊变得清晰

镜面上的词开始漂浮
词与词、词与物
在我们之间离散

它们牵引我
穿过冬夜辽阔的河岸
我曾坚信它们会流传于世

但我无法涉渡
冬天依然是冬天

黑夜继续是黑夜

守望最后的领地
我立在盥洗镜前
日复一日我将度过年复一年

2020

沿着斑驳的台阶

沿着斑驳的台阶

你走向秋天的城墙

从条石的隙缝里

传来大海的波涛

渐渐将市声淹没

慢慢干瘪的果子

滚落到冬天的入口

连同秋天的皮屑

风把它们聚拢

风把它们吹散

没有人把它们带回家

当你感觉更靠近太阳

而阳光晦暗

如褶皱的丝绸

在冬天的旗杆上招展

谁知道它什么时候降下

2019

一部脚踏车

一部脚踏车
前三角有根横杆
后面是载人货架

你还是那样
把右脚套进三脚架
去踩另一只踏板

没有神明指引
也没有力量阻挡
是谁在我之前走过这条路

2019

人造革拎包

一只人造革拎包
里面有《参考消息》
和《红旗》杂志

细密的落日
缝合了拎带的裂口
映照着书台上的皱褶

黄昏从远郊侵袭而来
谁在那里歌唱,谁在这里惊呼
时间化合了万物又分解着一切

2019

我们忘了所始也不知其所终

这雨要下到什么时候啊
我们一边打牌喝茶
一边聊些新闻
唯独不谈旧识

也不谈雄心壮志
梅兰竹菊
不过是手中的花牌
怎么我就把一副好牌打烂了

窗缝里挤进丝丝北风
没喝上几口茶就开始变凉
电水壶吱吱作响
墙上的画框突然歪倒了

这是一幅塞尚的复制品
你说过这样的风景
徒然增添房间里的死气
于是我们谈起你

当我们谈起你谈起生死
死意味着什么呢
无非是你离别一些人
去重逢另外一些人

烟雾缭绕令我眼睛一阵发酸
无头苍蝇贴着窗玻璃飞来飞去
我看见远处石桥上撑伞的行人
寺庙屋顶的神兽依旧吉祥的样子

多么熟悉的这冬雨黄昏
时间渐渐收藏起它的光线
这又像极了另一番风景
我却想不起来是哪一幅作品

我们继续喝茶打牌
也开始谈更多的旧识
这雨下了多久啊
我们忘了所始也不知其所终

2019

八月的阵风

雾静静地来
又悄悄离去
八月的阵风
在沿海海面集结

城门已关闭
邮路被冲毁
没有人来访
也没法寄信

打转的积水
是绕道而行的隐喻
疾闪的蓝光
是超越词语的主题

就这样死亡和腐烂
植物的遗体越积越多
记忆苔藓一样生长

直到沼泽变成陆地

以后是一次次搜寻
那些无从宽恕的罪孽
那些无可救药的囚人
而我在归来的路上逆行

2019

这里的一切虚空

一排排石碑
撑起四月的天空
使它和大地分离
使天地之间虚空

沉寂的翠柏
沉寂的甬道
只有霞光
发出窸窣的响声

这里的一切虚空
前排的碑身
挡住了视线
你依然把目光投向更远

我远道而来
尽可能抓住时间
像抓住流沙

不让它从指间滑落

我缘何而来
如果生命只为证明
它究竟是因缘聚合
还是基因组合

2019

石榴花

在另一个地方的五月

在另一个五月的别处

初放的石榴花

零落成暗黑的血渍

原本是流动的,鲜红的

风把它结成陈旧的斑块

坏消息接踵而至

从段落到段落

不需要过渡

从春季到夏季

也没有交汇

成群的花粉

越过北方的山岭

跨向海洋

像一个个语素

拖着决绝的阴影

我把秩序植入
每个词的内部
不让它们排斥变异
然而事实并非如此
在每一个地方的五月
在每一个五月的别处
另外一个你我在一起
按照想象的样子

2019

我梦见街道金黄

我梦见街道金黄
银杏从树上落下来

终于可以视频通话了
谁说冥具店里不是真的呢

不要再心疼话费
中国电信赠送流量

2018

十二月的日暮烟霞

十二月的日暮烟霞合拢了天地
措手不及,我失去了神明庇佑

我听到自己的咳嗽
听到咳嗽声里你的口音

恰如立在盥洗镜前
看到你的遗容

记不清你更年轻的样子
也忘记了你的嗜好和习性

历经阴去阳来
一切都是循环

2018

你那里是不是日落长河

总在鸟鸣声中醒来
鸟儿比人醒得更早

有的急促有的悠长
有时欢愉有时悲戚

不知道他们当中
有没有昨天那一只

被叫醒的人中
有没有去年那一个

这是鸟类的使命永不休止
这是人类的密钥无从转换

生机勃勃的一天由此呈现
你那里是不是日落长河

2018

我们形销骨立,混沌相忘

一种声音

只为掩盖

另一种声音

最先是旋转的脚步

楼梯并不稳定

走廊也不结实

然后是词语

夺门而入

一个影像

只为遮蔽

另一个影像

阳光摇落白果

靠窗的桌子上,地板上

印刻了繁碎的蝶影

开始是暗褐色

而后金黄熠熠

当礼仪师撑起黑伞

人们依次行进

声音从它的位置掉下来

光影逃离它的载体

我们形销骨立,混沌相忘

里面是黑暗

外面也是

2018

晓来雨过

晓来雨过
树枝和花叶
褪尽冬日的灰土

传说中的杨花
点点滴滴开落
彻底而决绝

都出来吧
探头探脑的鸟儿们
从此不必一惊一乍

有人入住,有人退租
这廉价的公屋
你归还是不归

2017.3.5

轮椅上的老伯

轮椅上的老伯

头也抬不起来

阿婆不时停下来

把他的脚放回踏板上

或者帮他把围巾掖好

推把上拴着马甲袋

晃来晃去

里面装着社保卡

和分药器

老伯终于抬起头

当自动叫号系统的合成语音

响遏行云

2015

银行门口的两只雄狮

银行门口的两只雄狮
威风凛凛
一只贪婪地张大嘴巴
一只得逞地紧闭大嘴

赶早的老人三三两两
有的佝偻着站在原地
有的歪歪倒倒来回踱步
一个老伯的右眼被纱布蒙着
他用左眼四处张望
一个老太捂着嘴咳嗽
企图摆脱老伴的搀扶
他们似乎在互相埋怨

两只雄狮在银行门口
威风凛凛却神态迥异
老人们根本无视
雄狮的嘴巴一张一闭

自从有了钱庄当铺之类的行当
万兽之王便离开草原盘踞于此
每月发放养老金的日子
老人们一早准在这里集聚

2015

我要让你的名字熠熠生辉

这是一张无法完成的拼图
硬纸牌,圆锥形的帽子
零片与零片,凸起和凹陷
还有栖霞路,你的名字
被涂在路口的建筑上

不是每一个零片都有专属位置
也不是每一处裂缝都可以裱贴
历经风吹日晒
你名字上的叉叉依稀可辨

再没人介意谁把谁涂在墙上
也没有场所可以写你的名字
直到有一天,工匠们
把你的名字雕刻在海湾
花岗岩的石碑上

名字下方是两个年月

一字线局促地把它们
勾连起来，如此
空尽和壮阔

清明和冬至,我会用抹布
揩拭你名字的凹槽
我会用毛笔重新描摹你的笔画
我用的是金粉漆
我要让你的名字熠熠生辉

2014

附录一

以碎片化的方式对抗碎片化的时代

01

人际线是人生坐标的重要辅线,它建筑了生命的多维空间,定义了一个人的味道和气息。在人际线的交集和胶着中,生命可以在任意一个点上实现相互抵达的可能性。陈雷以人际线命名他的公众号,有没有这样的寓意?在每一个静夜或者清早,在每一个落寞午后或者暮色斜阳,人际线无疑是干枯日子里心灵与心灵之间的相呴以湿:原来我们并不是一个人,原来我们并不孤绝。

我喜欢这样的随笔,欣赏这样的写作姿势。也许还不能算是完全的文体创新,因为古诗文中不乏近似的小碎篇章，诸如"致""寄"之类。历来文人通过诗文，抒言宴饮、赠别、交游、感旧、悼亡等情事。但陈雷的随笔，显然不是这种杯酒光景间酬唱赠答风气的余绪。不管有没有明确的言说对象，你我只是"无边无际的黑洞"里"片刻的光亮"。

把陈雷的随笔看作他随分自持的喃喃自语并不其词过甚。"当灵魂飘出体外，你的身体是否还完整？你是否梦见自己的身体游荡在街市上，而灵魂却浮在空中，注视它的游走？"身体和灵魂的囹圄、物质和心灵的缠结，虽然不愿意却又偏偏又走回笛卡尔的道路上。在这"无聊的时刻。觉得风讲的故事是最为遥远的，但又离我很近……我害怕听凄凄的风声，是因为那时刻总是停不下，猜想风的背后是什么"。

互联网+时代，海量的信息粉碎了我们对事物的判断，麻木地随波逐流成为更多人面对现实残酷与荒谬的反应。在朝七晚五的裹挟中，人失却了时间感；在声色犬马的诱惑中，人丧失了价值感；在万众逐梦的迷醉中，人迷失了方向感。外在世界步步惊心，正全面侵占我们的身体、逼迫我们的灵魂，若不就范，势必就擒。

"此时。长安街想着长安，而我只想退守宁静。"陈雷的退守宁静,是逃无所逃的坚守,是退无可退的抵御。退守人作为独立精神实体的存在——心灵和思考。身陷尽管色彩斑斓却是实际上的一座死城,陈雷的随笔如一束束也许微末的心灵烛光,温暖着周遭的人,照亮着周围的世界,虽然"仍看不清去向春天的路。冠冕堂皇的阶梯显示着,对比着目的地深处的漆黑"。

02

"香烟、绿茶和书,这三样东西是我生活的必需品,只要它们在手边,所有陌生的空间会变得熟悉起来。"有了这三样东西,便可以隐身名利熙攘的帝都,随时坐下来阅读。"只有读书的时候,宇宙才使它的全体与你的想象空间合拢,而你我一旦进入想象的时刻,也便隐约地有了上帝的感觉。"也只有这个时候,思考便如阀门自动展开,思想如客人不期而至……当我试图寻找触发陈雷这些随笔的由头和契机时,自然想起了叔本华的名言:"思想就像客人一样:我们并不可以随心所欲传唤他们,而只能静候他们的光临。当外在的机会,内在的情绪和精神的集中程度巧妙和谐地结合在一起以后,对某一事物的思考才自动展开"。

在粗鄙的现实中择善固执,在浮躁的时代里抵御追逐。用心感物，凝神结思。陈雷向我们展现了优雅的写作姿势：静观、回忆和沉思。

03

"上元节。街灯孤零零地呆立栏杆之上。"如果说没有游人的灯节多少有些让人忧伤的话，那么端午节的祭仪最终沦落为舌尖上的会饮，我们又如何感怀端午的悲伤？当我们忙于将二十四节气和各种传统节日申报人类非物质文化遗产名录之时，文化遗产的价值意义是否已丧失殆尽？悲伤的端午是否还不朽地存在？

春去春来，幕起幕落；节气更迭，年华流逝。在这些"微妙的时刻。无数次眺望远方，总是隐约感到身边的无奈时时拽着心中的一个痛处"。这岂止是陈雷的痛处，你我的痛处？我们无法力挽颓势，似乎只能感叹人世的变迁。也许，"五四，只是一个传说中的节日"。

数字。数字化革命来临。5.20、双11……一个个索然无味的数字被谱写成电商、运营商们的新货殖列传。今年是何年？今夕又是何夕？4.26，陈雷说："想来今天似乎一个特殊的日子。"恐惧和期待，美梦和噩梦，总是出没于夜晚。而"每当夜晚降临，我总止不住浮想联翩：每当光被遮挡之后，意识为何反而格外生动？你我思维上的灵光一现，又为何都与黑暗相关？"陈雷无时无刻不在敲打着历史上的今天，拒绝遗忘。但"遗忘才是无边无际的黑洞"，似乎历史上竟没有今天。

孩提时我们懵懂无知，青春时我们也曾大义凛然。多少年过去，世道颠顸、人性叵测，"尽管还存在种种渴望，但梦想成真还需要等待和坚守不变的你我青春时的誓言"。

无论是置评历史事件还是当下的社会热点，陈雷总是于直言之时不言，总是通过诗质的语言表达对这些事件的感情回应和独特体验。

诗的语言不同其他文体之处在于：它表述而不指明，它有所指又超越所指，但它又是清爽的，并不晦涩。

04

大学里我和陈雷是同系同级不同班的同学。1981年甫入北师大中文系，陈雷起头成立了星光诗社，油印诗集。我至今记得他《关于寂寞的札记》：总有人会走进那未曾勘测的大海，天鹅拔掉最美丽的那片羽毛，"然后死去/圣桑哭了——"写诗，陈雷最初用的笔名是江晨。时值20世纪70年代地下诗歌的潜流正孕育着80年代校园诗歌的风起云涌。星光无疾而终，是因为陈雷后来致力于组织学校的五四文学社、主办中文系的《双桅船》杂志等。毕业以后,陈雷从事文学评论和媒体策划。不管是批评家、策划师,在我内心而言,陈雷是最初的诗友,是不变的诗人。

诗人何人?诗人无异于疯子的刻板印象由来已久。工具理性主义统治、商业消费主义垄断、感官享乐主义盛行,诗人丧失了起码的能力和资源去疯狂,而只能磕磕绊绊走路、结结巴巴说话……可惜,陈雷和我虽然身手都不矫健,但牙口伶俐,而且神经过于正常,这就注定了我们最终成为不了大诗人。虽然我们也从来没有以诗人自居过,而且我们都坚信米兰·昆德拉说的:只有真正的诗人,才知道他自己是多么不愿意做一个诗人。自从荷尔德林在他贫病交加而又居无定所时写下《人,诗意地栖居》,诗意地栖居便成为所有人的向往和缺憾。当我们拥有住宅,越来越大面积、越来越多套数的住宅时,我们是否栖居在大地上?而且诗意地栖居?"人际线"证实了陈雷作为诗人的持续存在。

事实上陈雷一直坚持写诗,诗集《活过寂静》收录了他2017年的诗歌作品,这些诗歌我陆续在"人际线"上曾经读过,但集中一册重新读来还如初见。除了经常分享各自的诗歌,我和陈雷几乎不谈论诗,因为我固执地认为：诗可以诵读而不可以谈论；可以体验但不可以诠释。好的诗歌经得起反复读而且常读常新。

陈雷的诗歌符合我对一首好诗的判别。好的诗歌无非三个标准，一是有意思的语言，二是有意味的形式，三是有意义的体验。有意思的语言是字词所指和能指之间的经验转换。有意味的形式是字词与字词所形成的句式、行和节的排列以及内在结构和节奏方面的独特组合。有意义的体验意味着在有意思的语言和有意味的形式中对不同阅读者都保持着无限的可能性。陈雷的语言策略和形式规划使他的诗歌与他的文学评论和电视节目策划文案之间显现出截然不同的文体界限。虽然同时用这三个所谓标准来评判一个诗人的作品即使对陈雷这样的成熟写作者来说同样也是很困难的。

05

2016年是我们大学毕业30年。人生大限虽百岁，就中三十称一世。如何我们竟然也走过了30年的一世人生？"自以为虚度的光阴，实际上它仍然留于心中"，一如"花瓣的一次舒展，便是花的一世光阴。又有谁能逃得出时间之流呢？"问题是"在时间的隧道中，物质的列车能行走多远？"

30年,我们亲历了什么,又见证了什么?物质的日益丰饶令我们窒息。在人类获得了貌似的无限可能性时,为什么人日益成为物化的存在和机械生活的一个个碎片?我们拿什么抵制碎片?我并不怀疑一切形式的碎片化。因为谁也无法否认碎片所具有的表现功能和思想力量,特别是当它衔接了我们的过去和现在、联通了我们的记忆和感知,你会猛然感受汇集"人际线"里的一个个小碎篇章的一份份动量和能量,你会恍然发现"人际线"是一个完整的整体。

以碎片化的方式对抗碎片化。这是陈雷的策略。

("人际线"是陈雷的微信公众号)

附录二

诗人不是标签式的存在

1981年考入北师大时,大学还没有现在的驻校作家和驻校诗人制度,北师大却俨然坐拥了不少前辈诗人教授:钟敬文、黄药眠、郑敏等。而被年轻学子追捧的当推新时期崛起诗坛又正值盛年的任洪渊。我们81级的当代文学课由任老师讲授诗歌部分,此后我还选修了任老师的诗歌创作论。毕业论文我写的是何其芳,这个选题自然被分配给了任老师指导。因此我一直自认为在同级同学中我受教于任老师最多。讲台上的任老师绝对是一个另类,当他热泪盈眶地把我们带进郭小川的团泊洼、甘蔗林和青纱帐时,我的第一感觉是:居然还有四十多岁依旧这么率真的人！

不仅受教于任老师多，可能我中老师的毒似乎也最深。任老师曾经自嘲是带着三分之二的逃课史走上大学讲台的，并且说过诗人是创造性写作不需要藏书。毕业后第二年，接到任老师来信说：当代教研室通过了招收硕士研究生的资格认证，你准备准备政治和外语考回来吧。趁着出差北京的机会，我当面解释了不考研的理由。任老师不无遗憾地问我为什么要待在这样的学校。我说我是大城市里的小市民，喜欢安逸。为了说服我，任老师向我讲述了他自己在电大兼课的一段经历。20世纪80年代，中央电大《当代文学史》课程用的是北师大当代文学教研室主编的教材，教研室老师自然被聘请为中央电大这门课的主讲教师。一次当他同样热泪盈眶地在讲郭小川时，发现阶梯教室里喝茶的喝茶，织毛衣的织毛衣，更有三三两两大摇大摆地走过讲台到外面抽烟聊天的。从此他拂袖而去，辞别了电大讲台。任老师不仅纯粹率真，而且孤傲。而我站在电大讲台浑浑噩噩直到今天。只不过为了避免老师曾经的尴尬，我转向了工商管理专业的教学。现在想来是我严重歪曲了老师自嘲的逃课史和不藏书。身为学院派诗人，他对书房写作或者图书馆写作的厌弃，才是创造性写作的真谛。从他集成了东方古典智慧和西方后现代哲学的多文本写作以及融会了浪漫主义和现代主义的诗歌创作，足见他的胸罗万卷。少不更事的我还真以为创造性写作就是要逃离教室、逃离教授、逃离教科书了。就像弗罗斯特《未选择的路》所表现的，有时候我也不免遗憾。如果当年我考回母校，"任门立雪"又会怎样？到底我还是辜负了任老师的厚望。

2011年我出第一本诗集《魔鬼的舞步》时，本想请任老师垂阅赐序，却发现已经联系不上老师很久了。在资讯发达的互联网时代，这是件匪夷所思的事情。好在借助互联网，偶或得到老师各地演讲的信息，也看到过老师录制的精品课程视频，每每又深得鼓舞。既然没有请到任老师写序，我干脆也就没写后记。这部无序、无跋也无作者简介的三无诗集，就这样假装了一回高傲和纯粹。又隔两年，我突发奇想把这本小册子当作毕业以来旷日持久才完成的作业寄给北师大文学院，心想早已退休的任老师或许能够收到。果不其然，一天晚间课后，我发现手机上有一个未接的北京来电，等我回复过去，喜出望外地听到了任老师依旧热情洋溢的声音。任老师执意要我挂断电话让他重新打过来，他的解释是女儿留学国外，家里包年的长途话费用不掉。原来他是要节省我的电话费！我不禁感慨，居然还有70多岁了依旧这么善良的人！除了垂问我的现况，老师还畅谈他的创作计划。一如当年奉陪老师左右在夜间散步校园时一样，我更多的只是倾听，直到手机发烫、电量不足。因为重新获得老师的联系方式，这年暑假我从北京转机时意欲拜见老师。任老师得知后让我提前告知落脚处以便师母亲自驱车来接。但因为我不会在手机上操作，导致委托订票出现了差池，在京逗留的大半天又临时被安排探访了一位专家医生；也许又因为我本就不好诣人、惯迟作答，是一个懒散的人，这次我放了任老师的鸽子。归根结底，我实在是个不太懂得珍惜的人，总以为有的是时间，有的是机会。而且我印象里的任老师从来是精力丰沛、神采飞扬，我没有想象过他已经是一个耄耋老人，没有想象过有一天会传来噩耗。

8月13日一大早，我在公众号里发了一首清明时节写的《去年冬至》。

这是一首追悼诗。由于今年清明上海各处的寝园因疫情没有对外开放，我只能用文字寄托对亲人的哀思。不料午后，我竟在朋友圈里看到任老师仙逝的讣文。我再一次相信了冥冥之中所谓的感应。明明4月就写好的，为什么一直不发,偏偏挑在今天一大早发?我相信不仅对我,而且对于所有得益于他人格和诗文魅力的学生来说,老师就是亲人,是精神上至亲的人。现在"我凝视着你",凝视着自媒体上各种消息和悼文里配发的你的遗照,我强烈地感受到"我的城市正弥散着松枝苦香的气味!"

最早看到的讣文是 82 级周维强转发的。细心的维强兄特地说明:这个推文中关于任先生的生平资料有错讹,一切以北师大文学院的讣告为准。我核查了这条推文,确实将任老师的生平资料与同姓的另一位作家搞混了。此后几天,我连续登录师大文学院官网,在各种新闻动态、学术预告、通知公告中,唯独不见关于任老师的讣告和纪念专栏,这与微信朋友圈里的备极哀荣形成对比。任老师曾在这里求学又在这里执教,沈浩波所说的在任老师门下集聚了"中国当代诗歌的半壁江山"并不过甚其词。拥有这样一个学生、这样一个教员,实在是这所大学、这所大学文学院的光荣。而这所大学文学院似乎亏欠他了,亏欠他的是什么呢?无非是在它的官网上没有显示黑白的网页而已矣!

在批量定制博士——教授的大学生产线上,任老师多少有些难堪,他最终只获得这所大学不占在编名额的退休教授头衔。诗人也是常人，他对我提及过他的不平，但他又没有常人的耿耿于怀。他豁达地对我说，其实职称评审小组里的评委并不只是来自文学院。平心而论，我的大学也并不亏欠任老师。老师不止一次地讲述过童（庆炳）老师、刘（锡庆）老师如何为他入职北师大而多方奔走，最后童老师一句"是红学家重要还是曹雪芹重要"，打破了北师大教席的既有门槛。童老师此言振聋发聩，如同钱学森之问，算来比钱学森之问还要早20多年！由此，在曾经没有文学的中文系，任老师创造了属于他也属于北师大的文学辉煌。那是不拘一格的20世纪80年代，那是开阔的80年代大学。多少年过去了，童庆炳之问、钱学森之问还有意义吗？此后的大学，在211、985和双一流的争名比拼中练就了一身胸肌却越来越没有胸怀，大学越来越不像大学了。

厉害了，我的大学！北师大以其中文学科的绝对优势，招引了一个个当红作家和诗人驻校。不知道如今的作家诗人们如何驻校，但有时候看新闻报道里大学举行作家和诗人的入校仪式，觉得委实有几分类似相声界的摆枝，只是大学对外的一种宣示，象征意义大于实际意义。当红作家和诗人成了大学的名片或者标签。但任老师却从来不是标签式的存在。比不上当红的诗人作家,"汉语红移"的任老师似乎从没有大红特红。1993年他的《女娲的语言》出版,我在沪上一份读书报上写过一篇小文:《孤独的写作者》。还记得当时我是这么写的:"与北岛们同时崛起的任洪渊离我们最远,因为他侧身走过了同时代人,他走在了时代最前列。他是孤独的。"这种孤独是世事洞明后的不入于世,是一种"虽千万人吾往矣"的精神探险。如果说北岛是一个时代的标志,那么任洪渊则是这个时代的标杆,他的新锐和前卫一直是现代汉语诗歌写作者不可跨越的标杆。也许他不需要红,不需要夺人眼球,因为他不屑于名。标签会掉落,标志会模糊。而标杆,注定是孤独甚至孤绝地横立在那里,告诉历史和后人诗歌可能达到的高度。仰之弥高,钻之弥坚。而现实世界的取舍尺度必然短视而功利,好在历史绝对不是根据世俗标准所做的蛊惑人心的注脚。

由于疫情不能躬赴北京送别任老师,我只能在朋友圈里细读悼念他的诗文并一篇篇转发。悼念的声浪把我从现在推向过去,又把我从过去带回现在。我也试着想写一首悼诗,但好几天都找不到好的句式。直到我再一次上网,发现百度词条里任老师的生平已经更新,在姓名右侧的括号里是两个八月,一条线把两个八月局促地勾连起来。这难道又是冥冥之中的巧合?他从八月里来又回到八月里去,这条线仿佛远方故乡的那条河流,空尽而又壮阔。他从这条河流来又回到这条河流去。而所有河流都在奔向海洋。任老师注定属于八月。突然间我找到了我的句式。——八月,你的八月。这是怎样的八月,在这个八月,我切切实实感受到属于任老师的诗歌时代已经落幕,他属于这个时代,并超越了这个时代。

图书在版编目(CIP)数据

四月的棕榈/布克著.—上海:学林出版社,
2024
ISBN 978-7-5486-1995-6

Ⅰ.①四… Ⅱ.①布… Ⅲ.①诗集-中国-当代
Ⅳ.①I227

中国国家版本馆CIP数据核字(2024)第045063号

责任编辑 许苏宜
封面设计 海未来

四月的棕榈
布 克 著

出 版	学林出版社	
	(201101 上海市闵行区号景路159弄C座)	
发 行	上海人民出版社发行中心	
	(201101 上海市闵行区号景路159弄C座)	
印 刷	上海商务联西印刷有限公司	
开 本	787×1092 1/32	
印 张	6.5	
字 数	11万	
版 次	2024年4月第1版	
印 次	2024年4月第1次印刷	

ISBN 978-7-5486-1995-6/Ⅰ·250
定 价 48.00元

(如发生印刷、装订质量问题,读者可向工厂调换)